Para mi abuela

...........................................................

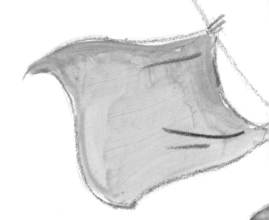

¿Quién dice que las cosas importantes se deben explicar extensamente? Cuando dices *te quiero*, ¿estás diciendo dos simples palabras o escribiendo una novela entera? *Mi abuela* es un libro de imágenes que contiene pocas palabras, pero que transmite muchos mensajes a los lectores más jóvenes y más mayores. Deseo que pases muchos momentos agradables en este viaje a una colorida historia sobre un tiempo y un lugar que es verdaderamente hermoso sólo si lo compartes con alguien. Tal es mi deseo para todas las nietas y nietos, abuelas y abuelos; todos aquellos viajeros cuyos corazones están llenos de amor.

*Dr. Igor Saksida*
*Facultad de Pedagogía. Universidad de Liubliana*

Puedes consultar nuestro catálogo en www.picarona.net

Mɪ ABUELA
Texto: *Helena Kraljič*
Ilustraciones: *Polona Lovšin*

1.ª edición: enero de 2018

Título original: *Moja babica*

Traducción: *Raquel Mosquera*
Maquetación: *Isabel Estrada*
Corrección: *Sara Moreno*

© 2017, Morfem Pub. House, Eslovenia
(Reservados todos los derechos)

© 2018, Ediciones Obelisco, S. L.
www.edicionesobelisco.com
(Reservados los derechos para la lengua española)

Edita: Picarona, sello infantil de Ediciones Obelisco, S. L.
Collita, 23-25. Pol. Ind. Molí de la Bastida
08191 Rubí - Barcelona - España
Tel. 93 309 85 25 - Fax 93 309 85 23
E-mail: picarona@picarona.net

ISBN: 978-84-9145-132-7
Depósito Legal: B-26.638-2017

*Printed in Spain*

Impreso en España por ANMAN, Gràfiques del Vallès, S. L.
C/ Llobateres, 16-18, Tallers 7 - Nau 10, Polígon Industrial Santiga
08210 - Barberà del Vallès (Barcelona)

# Mi abuela

Texto: Helena Kraljič
Ilustraciones: Polona Lovšin

Picarona

Ésta es mi abuela.

Lleva con nosotros mucho mucho tiempo.

Ya jugábamos juntas cuando yo sólo era un bebé.

Me ayudaba a vestirme.

Me ayudaba a hacer chocolate.

Me hacía unas galletas muy ricas.

Me cantaba las canciones de cuna más hermosas

y me daba un beso cuando me quedaba dormida.

Papá dice que la abuela ahora es mayor.

Es verdad que ya no puede ver muy bien.

Pero todavía hay un brillo en sus ojos.

Es verdad que su pelo es aún más canoso que antes.

Pero es más suave que la seda.

Es verdad que ya no oye muy bien.

Pero recuerda cada palabra que le digo.

Ahora es mayor de verdad.
Pero eso a ella no le importa.

Ahora soy yo quien le ayudará a vestirse.

Le ayudaré a hacer chocolate.

Le haré unas galletas riquísimas.

Le cantaré las canciones de cuna más hermosas

y le daré un beso cuando se haya

quedado dormida.